日本の伝説
Loputyn

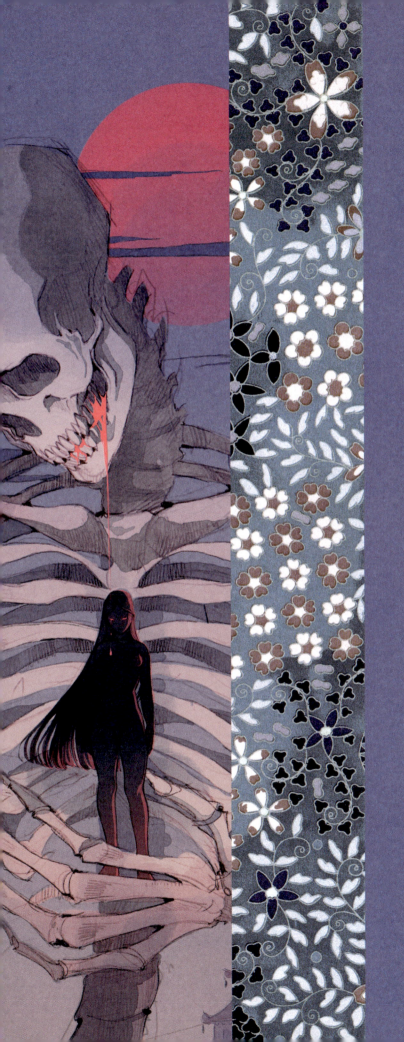

*Para a minha família,
para Lorenza e para o Japão*

DARKLOVE.

Leggende Giapponesi
© 2022 Hop! Pavia — Italy

Textos por Lorenza Tonani
Capa original e ilustrações internas por Loputyn

Tradução para a língua portuguesa
© Valentina Cantori, 2024

Diretor Editorial
Christiano Menezes

Diretor de Novos Negócios
Chico de Assis

Diretor de Planejamento
Marcel Souto Maior

Diretor Comercial
Gilberto Capelo

Diretora de Estratégia Editorial
Raquel Moritz

Gerente de Marca
Arthur Moraes

Gerente Editorial
Marcia Heloisa

Editoras
Juliana Kobayashi
Nilsen Silva

Capa e Projeto Gráfico
Retina 78

Coordenador de Diagramação
Sergio Chaves

Preparação
Eloísa de Moraes

Revisão
Retina Conteúdo

Finalização
Sandro Tagliamento

Marketing Estratégico
Ag. Mandíbula

Impressão e Acabamento
Braspor

DADOS INTERNACIONAIS DE CATALOGAÇÃO NA PUBLICAÇÃO (CIP)
Jéssica de Oliveira Molinari – CRB-8/9852

Loputyn
  Lendas Japonesas / Loputyn; tradução Valentina Cantori. — Rio de Janeiro : DarkSide Books, 2024.
  64 p.

  ISBN: 978-65-5598-351-7
  Título original: Leggende giapponesi. Japanese tales

  1. Japão – Lendas 2. Mitologia
  I. Título II. Cantori, Valentina

24-0206   CDD 895.63

Índice para catálogo sistemático:
1. Japão – Lendas

[2024, 2025]
Todos os direitos desta edição reservados à
**DarkSide® **Entretenimento LTDA.
Rua General Roca, 935/504 — Tijuca
20521-071 — Rio de Janeiro — RJ — Brasil
www.darksidebooks.com

日本の伝説

Loputyn

LENDAS JAPONESAS

Tradução | Valentina Cantori

DARKSIDE

10 A PRINCESA RELUZENTE
12 A ALMA DE UMA PEÔNIA
14 A GAROTA DO BIOMBO
16 OSHIDORI
18 URASHIMA
20 OKIKU
22 UM SEGREDO ENTERRADO
24 ATÉ OS PRIMEIROS RAIOS DO AMANHECER
26 O URSO E A RAPOSA BRANCA
28 BUNBUKU-CHAGAMA
30 O ESPELHO DE MATSUYAMA
32 O MENINO QUE PINTAVA GATOS

FURISODÊ 34
A BRUXA TAKIYASHA E O ESQUELETO GIGANTE 36
OIWA 38
UMA PROMESSA NÃO CUMPRIDA 40
KUCHISAKE-ONNA 42
YUKI-ONNA 44
OTSUYU 46
A CACHOEIRA DE JŌREN 48
ROKUJŌ E AOI 50
O SINO DO TEMPLO DE DŌJŌJI 52
A IRMÃ MAIS JOVEM 54
INGWA-BANASHI 56
A MÃE DE TAKASU GENBEI 58

A PRINCESA RELUZENTE

Há muito tempo, vivia um cortador de bambu muito pobre e muito triste por não ter recebido do céu o dom de ter filhos. Todos os dias, nos bosques, escolhia o bambu que devia cortar para criar utensílios e vendê-los.

Uma manhã, resplandeceu uma luz do nó de um colmo: vinha de uma menina de poucos centímetros de altura.

Convencido de que ela havia sido mandada pelo céu, o cortador levou-a para casa, onde estava a sua esposa. Os dois idosos dariam a essa pequena todo o seu amor. A partir desse dia, o homem, cortando o bambu, começou a encontrar ouro e pedras preciosas, tornou-se rico e construiu uma casa suntuosa.

Em poucos meses a pequena se tornou uma garota belíssima que parecia ser feita de luz, por isso foi chamada de Princesa Reluzente. A fama de sua beleza se espalhou rápido e chegaram muitos pretendentes para pedi-la em casamento. Esperavam dias para vê-la, antes de irem embora, decepcionados. No final, sobraram apenas cinco cavaleiros, e o pai implorou à princesa que os escutasse.

A jovem aceitou, mas pediu para que cada um trouxesse de terras distantes, respectivamente: o cálice de Buda, o ramo de joias da preciosa árvore do Monte Horai, a pele do Rato de Fogo, a pedra dos raios de cinco cores vestida por um dragão e a concha guardada no estômago de uma andorinha. Missões impossíveis. Os cavaleiros trouxeram objetos falsos ou desistiram da tarefa. O imperador também quis conhecer a princesa e a pediu em casamento. Foi então que ela disse ao pai que seu tempo na Terra havia terminado. No dia 15 de agosto viriam buscá-la para levá-la de volta ao seu mundo, o mundo da Lua. O imperador mandou dois mil soldados para impedir o, mas de nada adiantou. Surgiu uma nuvem com um carro alado; as criaturas lunares pegaram a princesa, puseram uma capa alada nos ombros dela e lhe deram um elixir da longa vida. Ela já havia expiado a culpa por um erro cometido e, apesar de sentir muita tristeza por ter que se despedir dos pais adotivos, precisava voltar para seu lugar. Deixou ao imperador uma carta e o elixir, que ele mandou levar e queimar no monte Fuji. A partir daquele dia, desse cume, uma fumaça ascende às nuvens.

A ALMA DE UMA PEÔNIA

Era uma vez um estudioso chinês — chamado, nos livros japoneses, Tō no Busanshi — conhecido pelo amor que tinha pelas flores e pelo talento para cultivar peônias. Um dia, uma garota estonteante se apresentou a ele, pedindo que a contratasse. As circunstâncias a obrigavam a buscar um trabalho humilde, mas ela havia recebido uma educação primorosa e por isso desejava servir a um estudioso. Busanshi ficou encantado com a sua beleza e a acolheu sem hesitação. A garota revelou-se uma serva excelente; tinha dons que faziam pensar que fora educada na corte de um príncipe, conhecia as regras de etiqueta, dominava a arte da caligrafia, da pintura e da poesia, e dela emanava uma elegância extraordinária. Busanshi se apaixonou por ela e tentava agradá-la de todas as maneiras. Quando recebia visitas de amigos estudiosos ou de visitantes nobres, pedia sempre que fosse a nova serva a entreter os hóspedes. Contudo, um dia, quando chegou o célebre mestre da doutrina moral Teki-Shin-Ketsu, a garota não respondeu ao chamado do patrão. Busanshi foi buscá-la pessoalmente e, por fim, avistou-a em um corredor. Quando o viu, ela se esmagou contra a parede como uma aranha e se retirou. Nada mais restou daquela jovem a não ser uma sombra fina e colorida, que mexia apenas lábios e olhos: "Me perdoe. Eu não pertenço à espécie humana. Sou apenas a alma de uma peônia. Seu amor pelas peônias era tão grande que me permitiu tomar feições humanas e lhe servir. Agora, porém, chegou Teki-Shin-Ketsu, que me dá demasiado medo, e eu não me atrevo mais a conservar esta forma... Preciso voltar para o lugar de onde eu vim". Depois disso, a parede a sugou e ela desapareceu completamente, deixando apenas o reboco despido. Busanshi não a viu nunca mais.

13

A GAROTA DO BIOMBO

Um estudante de Quioto, Tokkei, uma noite viu um biombo antigo em um antiquário, ficou interessado e o comprou. Retratava uma garota lindíssima de quinze ou dezesseis anos, e cada detalhe era pintado com tanta precisão que quase parecia que a jovem poderia responder, caso fosse interpelada. Desse modo, Tokkei se apaixonou por aquela imagem e começou a se perguntar se a garota teria realmente existido. A sua paixão impossível só aumentava: ficava sentado por horas diante da pintura, não conseguia mais comer, dormir ou estudar. Dirigiu-se, então, a um velho erudito, conhecedor de pinturas antigas. O ancião lhe disse que a obra havia sido pintada ao vivo por Hishigawa Kichibei e que a pessoa retratada já não estava mais naquele mundo. Mas o pintor, junto com a forma, havia capturado também a alma da garota, que agora habitava a pintura. Era possível, então, conquistá-la. Aconselhou o jovem a dar um nome à mulher, a sentar-se todos os dias diante de sua imagem e a chamá-la suavemente até obter uma resposta. "Ela me responderá?!", perguntou o enamorado. "Claro", respondeu o velho. "Mas você deve estar pronto para oferecer-lhe saquê comprado em cem adegas diferentes. Então ela sairá do biombo para aceitar o saquê. E saberá dizer a você o que fazer." Tokkei seguiu ao pé da letra os conselhos do ancião e nunca perdeu a esperança nem a paciência. Finalmente, depois de muitos dias, a mulher respondeu, e, quando ele lhe ofereceu a taça de saquê, saiu do biombo e se ajoelhou para pegar a taça. Então perguntou ao jovem: "Como você foi capaz de me amar tanto?". E em seguida: "Mas você se cansará logo de mim?". "Nunca, até a morte", respondeu Tokkei. "E depois...?", insistiu a garota, já que uma esposa japonesa não se contenta com um amor que dura apenas uma vida. "Vamos nos comprometer pela duração de sete existências", disse ele. Ela aceitou, ameaçando, porém, voltar para o biombo caso ele se comportasse mal. Aparentemente Tokkei foi irrepreensível, pois sua consorte não voltou mais para a pintura.

15

OSHIDORI

おしどり

Um falcoeiro e caçador chamado Sonjō, que morava no distrito de Tamura-no-Gō, na província de Mutsu, um dia foi caçar, mas não achou nenhuma presa. No caminho da volta, em Akanuma, avistou dois *oshidori*, os gansos mandarins, que deslizavam juntos pelo rio. Ele sabia que não é bom matar os *oshidori*, mas estava faminto e atirou neles. A flecha trespassou o macho, enquanto a fêmea achou abrigo entre os juncos na margem oposta e desapareceu. Sonjō cozinhou a ave no jantar, depois, naquela mesma noite, teve um sonho sombrio. Uma mulher de rara beleza entrou em seu quarto e começou a chorar e a gritar: "Por que você o matou? Que culpa tinha ele? Éramos tão felizes juntos! Que mal ele fez a você? Percebe a crueldade do seu gesto?". Em seguida disse soluçando: "Amanhã, quando você for a Akanuma, perceberá...". Chorando copiosamente, foi embora. Quando Sonjō acordou, o sonho estava tão vívido em sua mente que ele ficou muito perturbado. Decidiu, então, ir imediatamente a Akanuma e, quando chegou à margem do rio, viu a fêmea *oshidori* nadando sozinha. Vendo Sonjō, em vez de tentar fugir, o ganso nadou na sua direção, fitando-o de maneira estranha. Depois, com o bico, esquartejou o próprio peito e morreu diante de seus olhos. Sonjō então raspou a cabeça e se tornou monge.

URASHIMA

Há muitíssimo tempo, Urashima Tarō deixou o litoral de Suminoe para ir pescar, como fazia todo dia. Esperou preguiçosamente até se dar conta de ter pescado uma tartaruga e, sabendo que era sagrado para o Deus Dragão do Mar, libertou-a e adormeceu devido ao calor intenso daquele dia de verão. Foi acordado pela aparição de uma bela garota de cabelo comprido e escuro. Era a filha do Rei Dragão do Mar, que viera para agradecer por sua bondade. Convidou-o a segui-la até o Palácio para se tornar seu esposo. Se ele aceitasse, poderiam viver para sempre felizes e contentes. Urashima não hesitou.

O casamento foi de extraordinário esplendor, e o homem pôde aproveitar os prazeres daquele reino encantado por três anos.

Contudo, ele tinha um peso no coração: pensava nos pais que o esperavam sem ter notícias há muito tempo e queria fazer a eles uma breve visita. Chorando, a garota aceitou aquela partida, temendo que não voltassem a se ver nunca mais. Deu-lhe, então, como prova, uma caixa laqueada, fechada com uma fita de seda, pedindo-lhe para que não a abrisse. Quando Urashima chegou à baía onde nascera, imediatamente se deu conta de que o lugar havia mudado, a casa dos pais desaparecera, a forma das outras habitações estava diferente, os rostos dos pescadores já não eram os mesmos.

Então perguntou a um ancião onde estava a casa de Urashima Tarō, e o homem respondeu que todos sabiam a triste história daquele rapaz afogado quatrocentos anos antes, para quem se ergueu um monumento no cemitério. Como podia não conhecê-la? Urashima foi ao túmulo e viu as lápides com os nomes da família e o próprio nome. Acreditou, então, ser vítima de uma ilusão, e, tomado pela dúvida, quebrou a promessa e abriu a caixa.

Dela saiu imediatamente uma grande nuvem de verão que se deslocou em direção ao mar. Urashima entendeu naquele momento que havia destruído para sempre a sua felicidade. Um instante depois sentiu frio, os dentes caíram, o corpo ficou enrugado e o cabelo se tornou branco. De repente, o peso de quatrocentos anos esmagou seus membros.

OKIKU

Uma garota jovem e bela chamada Okiku trabalhava no Castelo de Himeji a serviço de seu senhor, Hosokawa Katsumoto, por quem estava secretamente apaixonada. Um dia, a jovem ficou sabendo de um complô tramado pelo chefe da guarda, Asayama Tetsuzan, contra o senhor do castelo e decidiu avisar seu patrão, sabotando, assim, o plano. Quando Asayama Tetsuzan descobriu que o fracasso do complô tinha sido causado por Okiku, começou a planejar sua vingança. Entre as tarefas de Okiku havia a de proteger dez pequenos pratos de grande valor. Asayama Tetsuzan conseguiu roubar um prato e fez o senhor acreditar que a responsável pelo furto tinha sido Okiku. Julgada culpada, a garota foi torturada e morta, e depois jogada no poço do castelo. Após essa morte brutal, o espírito de Okiku começou a sair do poço todas as madrugadas às três em ponto. O fantasma contava até nove, e logo começava a soluçar e gritar. Hosokawa Katsumoto, que a essa altura já havia descoberto a inocência da pobre garota, decidiu pedir ajuda a um monge budista. O monge afirmou que o espírito da garota continuava a vaguear porque estava em busca do décimo prato. Então, uma noite, depois que o fantasma contou como de costume até nove, o monge gritou: "Dez!". Okiku conseguiu finalmente encontrar paz e desapareceu para sempre. Ainda hoje existe um poço dedicado a ela.

UM SEGREDO ENTERRADO

Há muito tempo, na província de Tamba, morava um rico mercador chamado Inamuraya Gensuke. Ele tinha uma filha, O-Sono, que era muito inteligente; mandou-a para Quioto para aprender os ensinamentos destinados às damas da cidade. Em seguida, O-Sono casou-se com um amigo de seu pai, Nagaraya, com quem teve um filho. Viveu feliz com eles até o quarto ano de casamento. Depois adoeceu e morreu. Logo após seu funeral, o fantasma da mulher apareceu no quarto de dormir, em pé diante de uma cômoda, um *tansu* que guardava suas roupas. Toda noite voltava para ficar parada diante do móvel. Era reconhecível até a cintura; abaixo seus membros desapareciam como uma sombra na água. Segundo a sogra, O-Sono se sentia ainda ligada aos seus pertences. Então decidiram doar as roupas ao templo para dar descanso àquele espírito repleto de nostalgia. Contudo, O-Sono, noite após noite, continuava a voltar e a amedrontar os habitantes da casa. A sogra interpelou, então, o sacerdote do templo, Daigen Osho, que lhe disse que naquele *tansu* devia ter sobrado algo que deixava a falecida ansiosa. Ele iria pessoalmente vasculhar a cômoda. Na hora do Rato, O-Sono, melancólica, apareceu para o sacerdote, e ele lhe perguntou se havia algo a ser eliminado dentro daquele móvel, e ela confirmou.

O sacerdote buscou em todas as gavetas sem encontrar nada, depois levantou todo o papel que as forrava e achou uma carta na última gaveta. Perguntou a O-Sono se queria que a fizesse desaparecer. O-Sono anuiu e, aliviada, desapareceu. O sacerdote tranquilizou a família dizendo a eles que a mulher nunca mais retornaria. E foi assim que aconteceu. A carta, uma missiva de amor dos anos de Quioto, foi queimada. Apenas o sacerdote conhecia seu conteúdo e o segredo morreu com ele.

23

ATÉ OS PRIMEIROS RAIOS DO AMANHECER

夜明けの初めの光が差すまで

Narra-se que na província de Mino, hoje em dia província de Gifu, na região de Honshū, um homem jovem chamado Ono, após passar vários anos em busca de uma esposa à altura do seu ideal de beleza, encontrou em um pântano a mulher dos seus sonhos e se apaixonou por ela. Os dois se casaram e tiveram um filho. O cachorro de Ono também teve um filhote, que se tornou, com o passar do tempo, cada vez mais hostil à mulher. Um dia, o cachorro assustou a esposa a tal ponto que ela foi levada a revelar-lhe seu segredo. Ela retomou seu semblante de raposa e foi embora.

    O marido confirmou seu amor para a mulher-raposa e pediu que voltasse para casa. Chegaram a um acordo: toda noite ela voltaria para dormir entre os braços do marido, mas ao amanhecer fugiria para o pântano, retomando as feições de raposa. *Kitsune* adquiriu, então, dois significados: *Kitsu-ne*, "volte e durma", mas também *Ki-tsune*, "volte sempre".

25

O URSO E A RAPOSA BRANCA

Um urso, que os espíritos enviaram para o mundo com a missão de proteger as grandes montanhas, ao chegar a uma idade conveniente para se casar, certo dia viu em um bosque uma casa onde morava uma garota belíssima. Parecendo-se em tudo com os humanos, durante sua permanência terrena apresentou-se diante da jovem vestido em um lindo quimono. Sem dizer nada, a mulher o deixou entrar e o fez sentar-se no lugar de honra. Ficou implícita a aceitação de uma proposta de casamento. Como também a ação que se seguiu: comer arroz da mesma tigela após a levantarem seis vezes. E a sucessiva: deitar-se no leito nupcial um do lado do outro. Porém, foi naquele momento que o homem-urso, tocando o corpo da mulher, sentiu que ele estava todo coberto de crostas. Tendo esperado a aurora, saiu decepcionado e voltou para casa. Contudo, após bastante tempo, movido pelo desejo, retornou à companhia da garota. A jovem o acolheu e lhe ofereceu uma tigela que ele levantou seis vezes, mas dentro achou caudas de serpente, a coisa que mais detestava no mundo. Retomou, então, o semblante de urso e foi embora. Tinha sido vítima de um feitiço? Assustado e apaixonado ao mesmo tempo, parou de comer durante dias. A irmã, que morava com ele, começou a insultá-lo. Não acreditava que ele não havia entendido quem estava diante dele. Aquela mulher era a irmã da Raposa Branca! Ciente de seu charme, gostava de zombar dos cortejadores! Aquelas crostas eram apenas bolinhos *dango* de painço espalhado sobre o corpo, e as caudas de serpente eram na verdade pedaços de peixe! Ele não só caiu na armadilha e revelou seu verdadeiro semblante de urso como também não usou seus poderes para reconhecer a verdadeira natureza da mulher! Como em um sonho, o homem-urso viu então a mulher-raposa correr na direção dele, arrependida de tê-lo ferido até quase, por puro desespero, provocar sua morte. Ela enfim chegou. Foi a irmã que a avisou, apiedada. O casamento foi celebrado, e eles viveram muitos dias felizes juntos.

BUNBUKU-
-CHAGAMA

Há muito tempo, no templo de Morin-ji, na província de Kōzuke, vivia um monge que se dedicava com particular zelo à cerimônia do chá. Um dia, por pouco dinheiro, comprou de um vendedor uma *chagama*, uma bela e grande chaleira. Porém, quando a colocou sobre o fogo para ferver, testemunhou uma transformação extraordinária: apareceram a cauda, as pernas e a cabeça de um *tanuki*, ou cão-guaxinim japonês, que, sofrendo com o calor, começou a saltitar pelo quarto. Após ter domado com seus noviços aquela estranha criatura, o monge levou o objeto para o vendedor e pediu o dinheiro de volta. O homem, intrigado, colocou-o sobre o fogo e o *tanuki* fez sua aparição, revelando-se a ele. Este tranquilizou o homem e lhe disse que sentia muito pelo que acontecera, sabendo de suas precárias condições econômicas. Engenhou-se, então, de modo a encontrar um bom dinheiro para ele de uma maneira menos perigosa: era só não pôr o *tanuki* sobre o fogo nem sobre uma caixa; ele dividiria as refeições com o homem e de vez em quando também beberia um pouco de saquê. Em troca, ele o tornaria rico. Os dois montaram um espetáculo de rua com o *tanuki* no papel de acrobata multiforme, e o vendedor, de músico. O espetáculo se tornou um sucesso e foi chamado para a corte. O vendedor ficou muito rico e o *tanuki* quitou sua dívida. A chaleira foi então devolvida ao templo e venerada como um tesouro precioso.

O ESPELHO DE MATSUYAMA

Há muito tempo, em um lugar chamado Matsuyama, na província de Echigo, moravam um jovem samurai, sua esposa e sua filha. Ninguém se lembra de seus nomes. Um dia, voltando de Edo, o homem levou docinhos e uma boneca para a criança, e um espelho de bronze prateado para a esposa. Um presente maravilhoso, considerando que era o primeiro espelho a ser levado a Matsuyama. A mulher, não entendendo seu uso, inocentemente perguntou ao marido de quem era o belo rosto sorridente que via refletido. "Mas aquele é o seu rosto! Como você é boba!", respondeu ele. Julgando-o, então, um objeto bastante misterioso e sagrado, ela o manteve escondido durante muitos anos, até que adoeceu e decidiu doá-lo à filha, dizendo-lhe: "Não fique aflita. Quando eu morrer, você poderá olhar para este espelho toda manhã e toda noite, assim me verá". Após a morte da mãe, a jovem, toda manhã e toda noite, começou a olhar para a figura no espelho, sem imaginar que o rosto que via era o dela e não aquele da mulher falecida, com o qual, de todo modo, se parecia muitíssimo. Dirigia-se ao próprio reflexo como se falasse com a mãe e por isso considerava aquele espelho seu bem mais precioso. Quando o pai notou esse comportamento e perguntou o que estava acontecendo, a jovem lhe contou tudo. O homem ficou comovido, seus olhos se encheram de lágrimas. Decidiu, então, nunca revelar à filha a verdade sobre o espelho.

31

O MENINO QUE PINTAVA GATOS

Em uma pequena aldeia no interior do Japão moravam um pobre camponês e sua esposa. Eles tinham muitos filhos e se esforçavam para conseguir alimentá-los. Todas as crianças colaboravam, exceto o menino mais jovem, demasiado franzino para os trabalhos físicos. Então os pais o levaram para o templo, para que se tornasse sacerdote. O menino era inteligente, mas tinha um grande defeito: gostava de pintar gatos em qualquer lugar, nos biombos, nas colunas, nos livros.

Repreendido muitas vezes, não conseguia parar, não podia deixar de desenhar gatos. O sacerdote mandou-o embora dizendo que nunca se tornaria um bom religioso, mas sim um grande artista. Despedindo-se dele, avisou-o: "À noite, evite espaços amplos, fique nos pequenos!". Sem entender o sentido dessas palavras, o menino decidiu ir até o grande templo da aldeia vizinha. Não podia voltar para casa, pois seria punido por seu comportamento. Chegando ao templo, entrou e viu imediatamente belíssimos biombos brancos, perfeitos para seus desenhos de gatos; de resto, apenas poeira e teias de aranha por toda parte. Não tinha como saber que os monges haviam sido mandados embora por um espírito que dominara o lugar e que matara também os guerreiros mais fortes que tentaram afastá-lo. Desconhecendo tudo isso, começou a desenhar gatos nos biombos. Mais tarde, já com sono, preparou-se para dormir, mas naquele momento lembrou-se das palavras do sacerdote: "À noite, evite espaços amplos, fique nos pequenos!". Refugiou-se, então, em um quartinho, e, de madrugada, foi acordado por ruídos terríveis: gritos, estrondos e golpes cada vez mais atrozes que fizeram o templo tremer. Nas primeiras luzes do dia, saindo de seu abrigo, viu que o chão estava completamente coberto de sangue. No centro, jazia morto um enorme rato-duende. Mas quem podia tê-lo matado? Não havia ninguém. De repente o menino se deu conta de que todos os gatos que havia desenhado tinham a boca vermelha de sangue. Sorriu e só naquele instante entendeu por que o velho sacerdote lhe dera aquele conselho. Depois tornou-se um artista famosíssimo e alguns de seus gatos ainda hoje são mostrados a quem viaja pelo Japão.

FURISODÊ

A filha de um rico mercador da cidade do Shōgun estava em uma festa no templo quando viu um belíssimo samurai e logo se apaixonou por ele. Em poucos instantes o perdeu de vista, não conseguindo averiguar quem era e de onde vinha. Porém, havia memorizado a roupa dele, um *furisodê* roxo e de mangas compridas. Decidiu, então, mandar confeccionar outro parecido, pois achava que, em uma ocasião futura, encontrando-se, ela e o samurai se reconheceriam imediatamente. Quando saía, sempre vestia o quimono e passava horas em casa olhando para ele, chorando e rezando para que encontrasse novamente o lindo rapaz.

Morreu de tristeza, sem nunca rever seu amado. Os pais doaram a maravilhosa veste ao templo budista que a família frequentava. O sacerdote a vendeu por um bom valor e quem a comprou foi uma mulher da mesma idade da defunta. Vestiu aquela roupa apenas um dia, depois adoeceu e começou a falar de um samurai belíssimo por cujo amor morreria. E pouco depois faleceu. A veste foi levada de volta para o templo e o sacerdote a vendeu pela segunda vez, mas a jovem que a comprou teve o mesmo infortúnio da que a precedera. E assim foi para a terceira e a quarta garota, que morreram de padecimento após vesti-la apenas um dia.

O sacerdote, que já tinha certeza da presença de um influxo maligno, pediu que o quimono fosse queimado. Da seda levantaram-se imediatamente enormes fagulhas que alcançaram o telhado do templo, que pegou fogo. Em pouco tempo, a rua foi tomada pelas chamas, depois os bairros, até que boa parte da cidade foi devorada pelo fogo. Era o ano de 1655, a cidade era Edo, a moderna Tóquio. Diz que o incêndio, o *Furisodê-Kaji*, foi causado pelo espírito daquele belo samurai, na verdade um dragão que vivia no lago de Ueno.

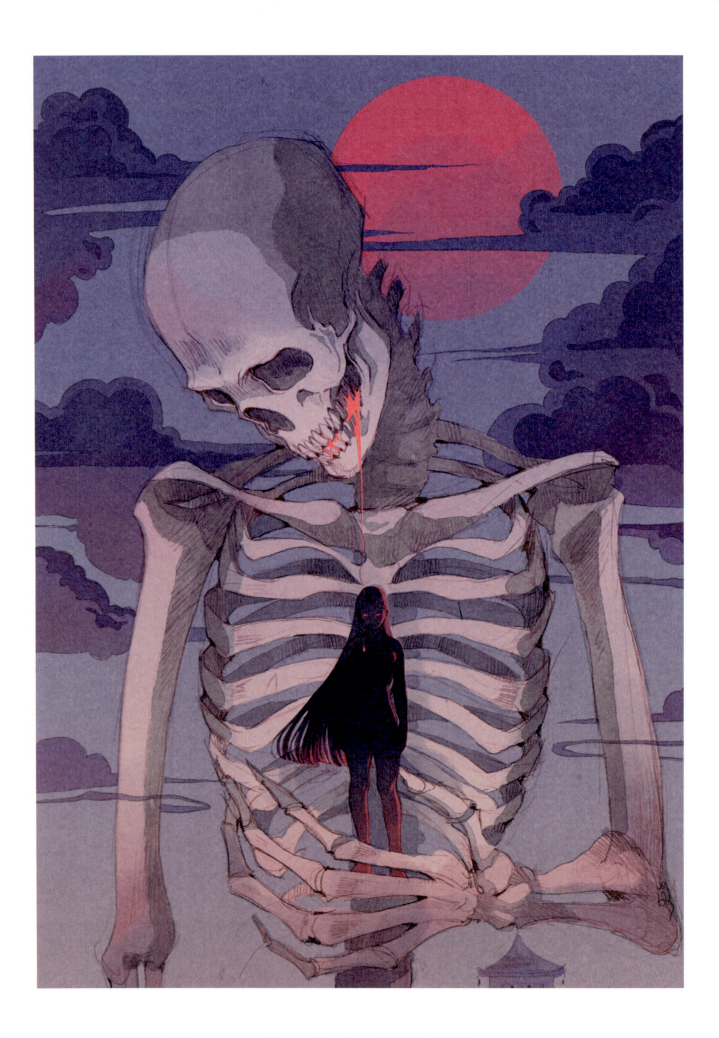

A BRUXA TAKIYASHA E O ESQUELETO GIGANTE

滝夜叉姫と巨大骸骨

Na época Heian, um samurai chamado Taira no Masakado incitou uma rebelião contra o imperador Suzaku, mas foi assassinado em 940 d.C., na batalha de Kojima. A filha de Masakado, a princesa Sutsuki, incapaz de aceitar a morte do pai, toda noite, na hora do Boi, rezava no santuário de Kifune para obter vingança. Depois de vinte e uma noites, o deus da chuva Takao no Kami infundiu nela o espírito de uma bruxa e lhe doou o conhecimento do *onmyōdō*, um sistema de adivinhação e feitiçaria baseado na teoria chinesa dos cinco elementos e do yin e yang. Após assumir o nome Takiyasha, a princesa-bruxa mudou-se para o decadente palácio de Sōma e preparou um complô contra o imperador. Porém, o boato de uma possível revolta chegou até a corte, de modo que reuniram um pelotão de soldados, guiados por Oya Tarō Mitsukuni, a fim de interceptar e neutralizar qualquer ameaça. Durante uma tempestade, Mitsukuni e seu séquito refugiaram-se no castelo de Sōma, não sabendo da presença de Takiyasha, que havia se transformado na cortesã Kisaragi, amada por Mitsukuni. O homem, tendo intuído a farsa, começou a relembrar a batalha de Kojima, suscitando dor e choro na bruxa até desmascará-la.

Então, sem sucesso, Takiyasha evocou um cortejo de esqueletos para enfrentar os soldados de Mitsukuni. Tendo desabado a estrutura do castelo, subiu no telhado e se preparou para o embate final. Em uma atmosfera suspensa evocou o Gashadokuro, o grande esqueleto que deveria aniquilar Mitsukuni, que, porém, permaneceu imune a todos os feitiços e decretou a derrota da bruxa.

OIWA

Em uma pequena cidade morava uma bela garota chamada Oiwa. De origens camponesas, era destinada a uma vida de privações nos campos. Porém, quis a sorte que ela encontrasse um jovem chamado Iemon, que lhe prometeu amor eterno e uma vida melhor. Os dois se casaram e se mudaram para a grande Quioto. Contudo, depois de pouco tempo, Iemon começou a negligenciar a esposa, indo em busca de diversão. Desse modo, a mulher caiu em um estado de profunda depressão, que se tornou mais grave quando descobriu que estava grávida. Enquanto isso, Iemon começou uma relação com uma rica viúva chamada Oume, cujo pai ditou-lhe uma condição: ele poderia ver a filha só se terminasse o seu casamento. Iemon, que prezava pela vida abastada que a união com Oume lhe garantiria, decidiu se livrar de Oiwa e do futuro filho. Então, uma noite, verteu no prato da esposa um potente veneno. Após ingeri-lo, Oiwa desabou no chão, desmaiou, perdeu o bebê e ficou com o rosto desfigurado. Mas não morreu. Apesar de Oiwa não se lembrar de nada, Iemon, que tinha medo de ser desmascarado, arquitetou outro plano. Levou a esposa para passear perto de um penhasco e a jogou, matando-a.

Finalmente livre, pediu Oume em casamento. Na noite antes do enlace, porém, seu sono foi interrompido por uma risada sinistra. A chama da lâmpada perto de sua cama tomou as feições do rosto desfigurado de Oiwa, que gritava: "Traidor!". Em seguida, na primeira noite de casamento, Iemon ouviu novamente a risada maléfica e viu Oiwa perto de si. "Traidor!", gritava ela. Iemon pegou a espada e decapitou a mulher, só depois dando-se conta de ter matado Oume. Transtornado, buscou refúgio na casa que partilhara com a primeira esposa. Durante a noite ouviu alguém bater à porta, e diante de si encontrou Oiwa. Amedrontado, decapitou a mulher, só depois dando-se conta de ter matado o pai de Oume, que tinha vindo procurá-lo. Em fuga e desesperado, Iemon chegou ao penhasco de onde havia jogado Oiwa. Aproximou-se do precipício e se atirou no vazio, encontrando a morte.

Alguns passantes que testemunharam a cena contaram ter visto duas pessoas caírem: um homem seguido por uma mulher. No ar ecoou uma sinistra risada feminina.

UMA PROMESSA NÃO CUMPRIDA

"Não tenho medo de morrer, só me pergunto quem tomará o meu lugar nesta casa."

"Ninguém tomará o seu lugar, minha querida, nunca mais vou me casar."

"Palavra de samurai?"

"Palavra de samurai."

Uma promessa é uma promessa. E se é também uma promessa de samurai, jamais se esperaria uma traição. Assim pensava uma jovem esposa, doente e prestes a morrer. Então ela pediu ao amado para ser enterrada no jardim de casa a fim de continuar a ouvir a sua voz e a respirar o perfume das flores durante a primavera. Pediu também um sino igual ao dos peregrinos budistas. Após ter sido tranquilizada pelo marido, sorriu e morreu, como uma criança cansada cede ao sono. Depois de doze meses, o samurai casou-se novamente, incentivado pelos parentes que lhe pediam para que não deixasse sua linhagem se extinguir. Durante os primeiros sete dias, nada perturbou a quietude do casal, mas logo que o samurai se ausentou de casa, à noite, na hora do Boi, a jovem esposa ouviu o som de um sino aproximar-se e os cachorros latirem. No quarto apareceu uma mulher envolvida em uma veste sepulcral, com um sino na mão. Ela lhe disse para ir embora e ameaçou esquartejá-la caso advertisse o marido. Achando que havia sonhado, a jovem não disse e não fez nada, mas, na noite seguinte, no mesmo horário, a defunta reapareceu e a ameaçou novamente. Então a mulher contou tudo ao marido e pediu para ir embora e ter a vida salva. O homem a tranquilizou e pediu aos seus servos para que descansassem no quarto da esposa e cuidassem dela. Na hora do Boi, o fantasma reapareceu e a jovem chamou desesperada pelos dois guerreiros que, como se estivessem petrificados no sono, não a socorreram. Quando o samurai voltou, encontrou-os adormecidos enquanto o corpo sem cabeça da esposa jazia em uma poça de sangue. Um rastro vermelho conduzia ao jardim, onde encontraram a criatura espectral diante do túmulo, com a cabeça pingando em uma mão e o sino na outra. A declamação das invocações budistas e o golpe de espada a enfraqueceram, mas a mão ossuda partida do corpo continuou a desfigurar e a afligir a cabeça da mulher que roubara o marido dela.

KUCHISAKE-ONNA

Seu fantasma vagueia ainda hoje pelas ruas do Japão e qualquer um pode encontrar Kuchisake-Onna. Ela começou sua triste jornada há muitos e muitos anos atrás, quando o marido, um samurai deveras ciumento, duvidando de sua fidelidade, desfigurou seu rosto, cortando-lhe a boca de uma orelha até a outra, para depois zombar dela. "Agora quem achará você bonita?", disse ele. Enlouquecida pela beleza perdida, a mulher tirou a própria vida jogando-se de uma ponte.

Mas seu espírito, em busca de vingança, logo começou a vaguear pelas ruas da cidade, sobretudo nas noites de neblina.

Vista de longe, vestida com uma roupa comprida e branca, com um lenço que lhe cobre o rosto, parece realmente sedutora. Quando, no entanto, ela para os transeuntes e os carros perguntando: "Você me acha bonita?", descobre seu rosto e a terrível boca fendida. Aqueles que ficam com medo e tentam fugir não dão sorte: ela os ataca com tesoura e lâminas, e tenta desfigurá-los, como aconteceu com ela. As respostas diretas, sejam positivas, sejam negativas, também a deixam incomodada. Mas aqueles que respondem de modo impreciso e a confundem têm suas vidas salvas. Isso porque se trata de um espírito não muito aguçado. "Depende da perspectiva", por exemplo, é uma resposta que pode induzi-la a buscar um sentido, a parar para entender, permitindo a fuga do mal-aventurado.

43

YUKI-ONNA

Em uma aldeia da província de Musashi moravam dois lenhadores: o velho Mosaku e Minokichi, um aprendiz de dezoito anos. Todos os dias eles iam à floresta, atravessando com uma balsa um grande rio. Certa noite foram pegos de surpresa por uma tempestade e descobriram que o barqueiro tinha ido embora, deixando o barco na margem oposta. Alojaram-se, então, na cabana dele. Mosaku dormiu imediatamente. Minokichi, por sua vez, permaneceu acordado por muito tempo antes de ceder ao sono, mas foi acordado logo depois pela neve que caía em seu rosto. A porta da cabana estava escancarada e no quarto havia uma mulher branca e muito bela. Estava curvada sobre Mosaku e lhe soprava seu fôlego gelado. Voltou-se, então, para Minokichi, inclinando-se sobre ele e sussurrando: "Terei piedade de você. Você é tão jovem. Porém, se contar a alguém o que viu, eu o matarei. Lembre-se disso!". O rapaz acreditou ter sonhado e chamou Mosaku, mas o velho não respondeu. Estava morto. Uma noite, no inverno seguinte, voltando da floresta, Minokichi encontrou uma garota muito bonita. Chamava-se O-Yuki, era órfã e estava indo a Edo para buscar trabalho. Fascinado, Minokichi lhe perguntou se queria descansar na casa dele, e ela aceitou. A mãe de Minokichi, que achou a moça adorável, persuadiu-a a adiar sua viagem para Edo. Acabou que O-Yuki nunca chegou a Edo. Casou-se com Minokichi, com quem teve dez filhos. Passavam-se os anos, mas O-Yuki permanecia inexplicavelmente jovem. Uma noite ela estava costurando à luz de uma lamparina quando Minokichi, olhando para ela, lhe disse que com aquela luz sobre o rosto lhe recordava uma mulher que havia encontrado quando jovem. "Conte-me sobre ela...", disse O-Yuki. E Minokichi lhe contou da Dama Branca. Então O-Yuki, furiosa, gritou: "Era eu, e disse que o mataria caso contasse a alguém daquele episódio! Se não fosse pelas crianças, mataria você! Cuide delas e, se não fizer isso, terá o tratamento que merece!". Sua voz se tornou mais fraca e seu corpo se desfez em uma neblina branca, que desapareceu na chaminé. Ninguém nunca mais a viu outra vez.

OTSUYU

Ogiwara Shinnojō havia ficado viúvo não fazia muito tempo quando viu uma linda mulher chamada Otsuyu, que andava acompanhada de sua serva. Elas seguravam uma lanterna decorada com desenhos de peônia. O homem ficou deslumbrado com a beleza da mulher e passou a noite com ela. Otsuyu e sua criada voltaram nas noites seguintes. Ogiwara se apaixonou loucamente e ficou obcecado pela mulher. não saía mais de casa e não queria mais ver ninguém. Depois de algumas semanas, um vizinho idoso espiou através de um furo na parede da casa de Ogiwara e o viu em sua cama entre os braços de um esqueleto. Advertiu-o sobre o risco de ser vítima de um fantasma e lhe pediu para que fosse a um templo. Ali Ogiwara descobriu a tumba de Otsuyu com uma lanterna de peônia ao lado. O sacerdote lhe deu uma poção para colocar na entrada da casa a fim de manter o espírito afastado, e foi assim que Otsuyu não apareceu mais. Mas Ogiwara, desesperado com a perda, foi ao túmulo de Otsuyu e desapareceu. Quando a tumba foi aberta, um tempo depois, encontraram o cadáver do homem envolvido pelos braços de um esqueleto.

A CACHOEIRA DE JŌREN

Um homem repousava sob a cachoeira de Jōren, em Izu, na província de Shizuoka. Ao despertar, achou seus pés amarrados por teias de aranha muito resistentes, mas conseguiu se libertar e fugiu. Desde então, ninguém mais foi àquele lugar, que se pensava estar sob o poder de uma aranha Jorōgumo. Um lenhador forasteiro, porém, ignorando o perigo, começou a cortar as árvores da região; seu machado caiu na água e ele não foi capaz de achá-lo. Quem o devolveu, colocando-o na margem, foi uma mulher esplendorosa que lhe pediu para que não falasse para ninguém que a havia encontrado. O homem voltou à cachoeira dia após dia, com a esperança de ver a mulher, desgastando-se cada vez mais. Um monge, vendo seu terrível estado, conduziu-o à nascente e leu para ele alguns sutras budistas. A teia de aranha apareceu imediatamente e começou a apertar com força inaudita o pobre lenhador, mas foi domada pela prece do monge. Apesar desse acontecimento, o lenhador voltou de novo a Jōren e, capturado pela Jorōgumo, afogou-se nas águas profundas.

49

ROKUJŌ E AOI

Nobre de nascença e viúva do príncipe Zembo, destinado a se tornar imperador, Rokujō era amante de longa data do nobre Hikaru Genji. Ela tentava reprimir os sentimentos de ciúme, mas a palidez que lentamente crescia nela transformou-a em um *ikiryō*, um demônio vingativo. Quando soube que a esposa de Genji, a dama Aoi, teria um filho, o espírito maligno que se abrigava nela tornou-se um espírito errante que primeiro atacou e matou a segunda amante de Genji, Yūgao, e depois assassinou a pobre dama Aoi. Passaram-se os anos e, mesmo após sua morte, Rokujō continuou a ser identificada como a responsável por diversas mortes relacionadas a Genji, como a da segunda esposa, Murasaki, e de outras concubinas. Apiedando-se, a filha de Rokujō, Akikonomu, que havia se tornado sacerdotisa, realizou um ritual de pacificação para devolver quietude àquele espírito ardente de ciúmes e o livrou do rancor. No teatro Noh, Rokujō é representada com a máscara da Hannya, utilizada para dar voz às mulheres ciumentas em busca de vingança. A mesma máscara é usada também na história de Kiyohime, que vocês lerão em seguida.

O SINO DO TEMPLO DE DŌJŌJI

Em uma jornada espiritual de Matsu para Kumano, o monge Anchin se hospedou na casa de uma família que abrigava viajantes. Então conheceu Kiyohime, a jovem filha do dono da casa. A moça apaixonou-se pelo homem, que, por escárnio, prometeu-lhe, uma vez adulta, tomá-la como esposa. Anos depois, chegou o dia em que Kiyohime pediu para Anchin honrar seu compromisso, mas ele não deu nenhuma importância aos pedidos e foi embora. Kiyohime, enlouquecida de amor, seguiu-o até o rio Hidaka e se atirou na água, transformando-se em uma serpente que cuspia fogo. Após fugir para o templo de Dōjōji, o monge buscou abrigo sob o sino, mas a serpente o alcançou e o reduziu a cinzas. Kiyohime queimou com ele, mesmo que afirmem hoje em dia que ela ainda vagueia pelas águas do rio.

道成寺の鐘

53

A IRMÃ MAIS JOVEM

Uma Oni, que é a criatura demoníaca que se alimenta dos humanos, aspirava a levar uma vida tranquila, como uma moça qualquer daquela idade. Queria superar os instintos mais abjetos e selvagens que caracterizavam seus semelhantes e adotar atitudes menos rudes e primitivas. Tomou, então, as feições de uma jovem e começou a morar na bela casa da família da garota. Porém, apesar de ter realizado seu desejo, não pôde sufocar por muito tempo seus instintos naturais, que prevaleceram sobre sua vontade e a levaram a atacar primeiro aqueles que eram considerados seus pais e depois os outros habitantes da aldeia. Porém, quando estava prestes a matar o irmão, foi capturada e devorada pelo tigre que o rapaz mantinha em casa e criava como um animal doméstico.

55

INGWA-
-BANASHI

Era o quarto mês do décimo segundo Bunsei, no ano de 1829 do calendário ocidental, e as cerejeiras estavam em flor. A esposa do *daimyō*, ou senhor feudal, estava morrendo, e o marido queria cumprir todos os seus desejos. Com a voz débil, a mulher disse que queria ver Yukiko, uma das concubinas de seu esposo. Quando a jovem se aproximou, desejou que ela se tornasse a nova esposa de seu amado senhor e lhe pediu ajuda. Queria ver pela última vez uma árvore no jardim, uma cerejeira *yae-zakura* trazida do monte Yoshino poucos anos antes. Estava muito fraca e precisava que ela a carregasse sobre seus ombros. Com o consentimento do senhor, Yukiko curvou-se para acolher o corpo da mulher, que, com esforço sobre-humano, ergueu-se sobre as costas da jovem. Em seguida, com uma risada maligna, agarrou seus seios: "Eis o meu desejo", disse. "Eis o meu desejo! Consegui!". E caindo para a frente, morreu. Quando os criados tentaram tirar a morta dos ombros da jovem, não conseguiram. A carne das palmas havia se juntado ao seio e a única maneira de ajudar Yukiko era cortar as mãos do corpo da defunta. Mesmo assim, depois da amputação, as mãos não se despregaram, ficaram escuras e ressequidas. Um destino horrível aguardava a concubina, pois as mãos não estavam mortas. Toda noite, na hora do Boi, agitavam-se, comprimiam e atormentavam seu peito. Yukiko então se tornou monja e todo dia implorava ao espírito ciumento que a perdoasse e ficasse em paz. Durante dezessete anos disse ter sido agredida toda noite. Depois ninguém soube mais dela.

A MÃE DE TAKASU GENBEI

Um dia, o velho gato da família de Takasu Genbei desapareceu no ar. A partir daquele momento, a mãe idosa do homem começou a mudar completamente de caráter. Tornou-se hostil e rabugenta, e anunciou que comeria suas refeições sozinha, no próprio quarto, recusando também a presença dos criados. Os familiares, preocupados, começaram a espiá-la e viram que ela, com as palmas e os joelhos apoiados no chão, devorava vorazmente a carcaça de um animal. Takasu Genbei, convencido de que se tratava do gato sobrenatural *Bakeneko*, apesar da relutância inicial, decidiu matar a mulher. Golpeando-a até a morte, esperava ver no chão os restos do gato. Em um primeiro momento, a transformação não aconteceu, deixando o homem desesperado, mas, no dia seguinte, de fato, no lugar do corpo da mulher foi encontrado o cadáver do gato desaparecido pouco tempo antes. Takasu Genbei também encontrou, infelizmente, os ossos embranquecidos da mãe debaixo do tatame e ficou profundamente aflito.

高須源兵衛の母

LOPUTYN Jessica Cioffi, conhecida na internet como Loputyn, é uma ilustradora e quadrinista italiana. Sua índole tímida e reservada a leva a encontrar no desenho uma oportunidade de se comunicar com os outros. Frequentou o liceu artístico em Brescia e a Academia de Belas Artes de Bergamo. Entre suas obras mais recentes estão o quadrinho *Francis* (DarkSide® Books, 2019) e o livro ilustrado *Perfide*.

FONTES Hearn, Lafcadio. *Shadowings*. Little, Brown, and Company, 1900. • Orsi, Maria Teresa. *Fiabe giapponesi*. Einaudi, 1998. • Catálogo da exposição Yōkai. *Le antiche stampe dei mostri giapponesi*, de curadoria de Paolo Linetti, realizada na Villa Reale em Monza (abr./out. 2022) • Ozaki, Yei Theodora. *Japanese Fairy Tales*. A. L. Burt Company, 1908.

Loputyn

DARKLOVE.

DARKSIDEBOOKS.COM